AF250708

# ANALYSE ET EXTRAITS
# DU JOURNAL HISTORIQUE,

OU

RÉCIT FIDÈLE DE CE QUI S'EST PASSÉ DE PLUS CONSIDÉRABLE
PENDANT LA MALADIE ET A LA MORT DE LOUIS XIV, ROI DE FRANCE ET DE NAVARRE ,
PAR LES SIEURS ANTHOINE;

## PAR M. JULIEN TRAVERS,

SECRÉTAIRE DE L'ACADÉMIE IMPÉRIALE DES SCIENCES, ARTS ET BELLES-LETTRES DE CAEN.

La place que tient Louis XIV dans notre histoire, l'éclat de son règne, le prestige de sa gloire, donnent de l'intérêt à tout ce qui se rattache à sa personne. Rien de ce que fit ce monarque n'est indifférent à la postérité. Aussi a-t-on accueilli, après tant de documents, d'éclaircissements, de mémoires et de révélations d'outre-tombe, le *Journal de la santé du roi Louis XIV*, publié par les soins d'un de nos confrères, M. Leroi, conservateur de la bibliothèque de Versailles.

Ce journal, écrit par Vallot, d'Aquin et Fagon, tous trois premiers médecins de Sa Majesté, embrasse les années 1647-1711. C'est une série de notes où les moindres accidents de la santé du roi, et tous les moyens thérapeutiques employés pour y remédier, sont consignés avec une minutieuse exactitude. Il n'y a pas un bouillon d'omis, pas une tisane, pas une saignée, pas une médecine, pas un lavement. La majesté du demi-dieu, fort amoindrie par la justice de l'histoire, ne s'est pas relevée au spectacle humiliant de tant de misères; mais l'égalité des hommes devant Dieu est sortie plus incontestable de cet éclatant exemple du néant des grandeurs humaines.

Fagon, vieux et souffrant, comme le remarque M. Leroi, ne se donna pas la peine de continuer ce recueil d'observations cliniques, « qui présente Louis XIV, ajoute l'éditeur, sous un tout « autre aspect que celui sous lequel on est habitué à le considérer,

« et peut, ce nous semble, aider à expliquer certaines de ses ac-
« tions politiques, et à nous faire connaître la constitution, le tem-
« pérament, la nature intime de l'homme dont jusqu'ici nous
« n'avons eu que le portrait extérieur, souvent embelli jusqu'à
« l'exagération par les éloges de ses flatteurs. »

Au moment où le journal cesse, M. Leroi s'exprime en ces
termes : « Ici finit le récit de Fagon. C'est là une lacune regret-
« table, car les années qui suivent ont dû être terribles pour le
« roi et son médecin, si l'on en juge par l'état de mélancolie dans
« lequel paraît tomber Louis XIV dans les dernières années du
« journal, état qui a sans doute considérablement augmenté par
« suite des chagrins de toute sorte qui sont venus accabler le mo-
« narque dans les derniers temps de sa vie. Il est surtout un
« point sur lequel il aurait été curieux d'avoir le récit de Fagon :
« c'est sur la dernière maladie et la mort de Louis XIV. On a, il
« est vrai, la narration donnée par *le Mercure Galant,* par le journal
« de Dangeau, et surtout celle que viennent de publier MM. Soulié
« et Dussieux, retrouvée à Vienne par ces studieux éditeurs, et qui
« paraît être la véritable version de Dangeau. Il y a bien encore le
« récit de Saint-Simon ; mais ce récit paraît empreint d'exagération
« et de beaucoup de mauvais vouloir à l'endroit de Fagon, et c'est
« surtout à son occasion que l'on regrette vivement de ne pouvoir
« lui comparer celui du premier médecin du roi. »

Rien ne saurait combler aujourd'hui la lacune laissée par Fagon ;
toutefois la partie capitale de ses confidences, aux yeux de M. Leroi,
la dernière maladie et la mort de Louis XIV, ont été consignées
dans un récit, moins précieux, au point de vue médical, que ne
l'eût été celui de Fagon, mais étendu à plus d'objets, et fort inté-
ressant par la franchise et le dévouement des narrateurs, les sieurs
Anthoine, attachés au service de Sa Majesté, l'un comme garçon
de chambre, l'autre comme porte-arquebuse dans les chasses de la
cour.

Les Anthoine étaient dans les emplois intimes près de nos rois
depuis plus d'un siècle. A l'exemple de leur père, qui avait rédigé
un journal historique de la mort et de la maladie de Louis XIII,
les frères Anthoine rédigèrent un journal historique de la maladie

et de la mort de Louis XIV. Des copies en circulèrent, et, sur l'invitation de quelques amis, les auteurs se déterminèrent à le faire imprimer.

Nous ignorons quels obstacles survinrent ; mais nous croyons, après de consciencieuses recherches, que leur journal n'a pas vu le jour. Autrement, comment serait-il inconnu de M. Leroi ? Et, si notre confrère le connaissait, comment aurait-il dit, en reprenant Saint-Simon, que, si Fagon eût continué son journal, il aurait pu « nous donner le détail de l'autopsie du roi ? » M. Leroi aurait lu dans le journal des sieurs Anthoine, au moins en extrait suffisant, le « *Procès-verbal de l'ouverture du corps du roi Louis XIV*, faite « le 2 septembre 1715 par Maréchal, premier chirurgien, en pré- « sence de ses médecins et chirurgiens et d'autres personnes nom- « mées pour y assister par le duc d'Orléans. » Et puis comment la Bibliothèque impériale n'aurait-elle pas un livre de cette importance ? Comment le journal de Dangeau, et la relation trouvée à Vienne par MM. Soulié et Dussieux, seraient-ils, avec *le Mercure Galant* et Saint-Simon, à peu près les sources uniques où vont puiser les historiens modernes ? La relation des sieurs Anthoine se rencontre vraisemblablement dans quelques bibliothèques, comme dans celle de Caen, où nous l'avons découverte ; mais tout nous porte à croire qu'elle est inédite, et l'on ne peut en méconnaître l'importance et l'intérêt. Les auteurs ont été témoins des faits, et les faits sont la fin d'un grand règne ; ils constituent un des événements mémorables de l'histoire.

Si, comme nous le pensons, le récit des sieurs Anthoine ne fut point imprimé, le moment est venu de consulter et les savants qui composent le Comité historique, et les membres éclairés de nos Académies départementales, sur l'opportunité de publier ce véridique journal. Le réunion d'un certain nombre de nos confrères dans cette salle de la Sorbonne est l'occasion la plus favorable qui pût s'offrir à nous pour une telle communication.

Nous allons donc extraire et analyser le manuscrit dont il est question et qui appartient à la ville de Caen.

Dans leur préface, les sieurs Anthoine s'expriment ainsi :

« Notre intention d'abord avoit été de finir notre journal au 1<sup>er</sup>

« septembre 1715, jour de la mort de ce grand roi ; mais, après
« y avoir mûrement réfléchi, nous avons cru que, l'ayant conduit
« au tombeau en personne, et baigné de nos larmes, il étoit juste
« encore de l'y conduire dans notre relation.

« Cela nous a engagés, pour suivre l'esprit de notre journal, et
« remplir le vide qui se trouvoit depuis ce jour jusqu'au 22 oc-
« tobre, jour des obsèques, de rapporter ce qui s'est passé de plus
« considérable à la cour pendant ce temps, soit pour décerner la
« régence à S. A. R. Monsieur le duc d'Orléans, soit pour conduire
« Louis XV au château de Vincennes, soit pour le reconnoître pu-
« bliquement roi de France et de Navarre, tenant son lit de justice
« dans le parlement de Paris.

« Dans tout ce qui regarde Louis XIV, depuis le jour de Saint-
« Laurent, 10 août, premier jour de sa maladie, jusqu'au 22 oc-
« tobre, jour de l'enterrement, nous ne rapportons que ce que
« nous avons vu et entendu : pour tout le reste, nous avons exac-
« tement suivi les mémoires de personnes équitables, éclairées et
« présentes aux faits que nous rapportons. Ces mémoires nous
« ayant même fourni une partie des harangues et discours qui ont
« été prononcés dans ces occasions, nous avons cru, en les insé-
« rant dans ce journal, relever par ces pièces d'éloquence le style
« simple et familier de notre relation, et la rendre par là plus cu-
« rieuse et plus intéressante. »

Nos extraits, que nous réduirons à quelques spécimens, seront
empruntés à la première partie du journal, à celle qui relate jour
par jour les phases de la dernière maladie de Louis XIV.

« Ce monarque en fut atteint à Marly, disent les Anthoine, le
« 10 août 1715, fête de saint Laurent, après-dîner, d'une ma-
« nière plus violente qu'à l'ordinaire. M. Fagon, premier médecin
« de Sa Majesté, envoya aussitôt le sieur Anthoine, l'un des garçons
« de la chambre du roi, à l'apothicaire, dire que l'on apportât du
« carabé, dont le roi n'eut pas plutôt pris une dose qu'il se sentit
« considérablement soulagé, et peu après se trouva en état de sortir
« pour prendre l'air et voir poser des statues de marbre blanc, qu'il
« avoit fait apporter depuis peu de Rome pour l'ornement de ses
« jardins.

« Il monta pour cet effet dans sa chaise roulante, suivi de M. le
« duc d'Antin, alors directeur général des bâtimens de Sa Ma-
« jesté, et depuis surintendant des bâtimens, arts et manufactures
« de France, pour prendre le divertissement de la promenade, et
« voir en passant la disposition et l'effet de ces figures.

« Cet exercice l'occupa jusqu'à six heures du soir qu'il partit
« pour Versailles, où il crut être plus commodément en cas que
« son indisposition augmentât.

« En arrivant à Versailles, il entra chez M<sup>me</sup> de Maintenon, dont
« l'appartement étoit de plain-pied à celui de Sa Majesté, pour se
« reposer et pour éviter la foule des courtisans. Il y demeura jus-
« qu'à dix heures, qu'il se rendit dans son appartement, où il avoit
« fait servir le souper à son grand couvert. Il y mangea en public
« avec les princes et les princesses du sang, à son ordinaire ; mais,
« comme son indisposition lui avoit causé du dégoût, il mangea peu
« et le souper fut très-court. Il s'y trouva cependant une foule in-
« croyable de personnes de toute qualité, que le zèle, la politique
« ou la curiosité y avoient attirées, sur le bruit qui s'étoit répandu
« de l'accident arrivé à Marly.

« Après souper, le roi entra dans son cabinet, où les princesses
« se trouvoient tous les jours, à la même heure, pour entretenir
« Sa Majesté. Elle y demeura jusqu'à onze heures, qu'elle rentra
« dans sa chambre pour faire ses prières et se mettre au lit.

« Cette nuit, qui fut celle du samedi au dimanche onzième août
« et deuxième jour de la maladie du roi, ne fut pas plus favorable.
« Il la passa dans l'insomnie et des inquiétudes fâcheuses, causées
« par une ardeur dévorante, qui l'obligea toute la nuit à boire.

« Sa Majesté se leva néanmoins en public sur les huit heures et
« demie, à son ordinaire, et, étant habillée, elle fut entendre la
« messe dans la tribune de la chapelle du château. Elle tint ensuite
« son conseil des finances, qui dura jusqu'à une heure après midi,
« qu'elle s'en vint à table à son petit couvert pour dîner. Elle
« mangea peu, et M. Fagon lui ayant dit, « Votre Majesté, Sire,
« m'a paru dégoûtée, » le roi répondit : « Je suis d'un grand dé-
« goût ; je crois que c'est la mauvaise nuit que j'ai passée qui me
« le cause. »

« Tout ce jour-là le roi se sentit foible, et, ne se trouvant pas en
« état de sortir, il ordonna à M. Blouïn, gouverneur de Versailles,
« de contremander les équipages de chasse que Sa Majesté avoit
« commandés, et d'avertir le prince Charles de Lorraine, grand
« écuyer de France, M. le marquis Beringhen, premier écuyer de
« la petite écurie, et le sieur Anthoine, porte-arquebuse, qu'elle
« avoit changé l'ordre qu'elle leur avoit donné pour aller à la chasse
« dans le parc, que son indisposition ne lui permettoit pas de
« monter à cheval.

« Sa Majesté employa le temps qu'elle avoit destiné pour la
« chasse à tenir conseil avec M. Pelletier, ministre, pour les for-
« tifications des places de guerre. Le conseil dura jusqu'à quatre
« heures, après lesquelles elle en tint un second chez M$^{me}$ de
« Maintenon, avec M. Voisin, chancelier de France, et ministre
« et secrétaire d'État pour la guerre, avec lequel elle travailla
« jusqu'à dix heures.

« Alors le roi vint souper en public à son grand couvert. Il avoit
« le visage pâle et abattu. On jugea par là de son indisposition, et
« on commença d'en craindre les suites.

« Il ne laissa pas de passer dans son cabinet avec les princes
« et les princesses, à l'ordinaire : ce délassement lui faisoit
« plaisir, parce que c'étoit presque le seul temps qu'il eût pour
« s'entretenir avec sa famille. Il y demeura jusqu'à onze heures
« et demie, qu'il rentra dans sa chambre, fit ses prières et se
« coucha.

« Cette nuit du onze au douze du mois et troisième jour de la
« maladie fut plus tranquille que la précédente. Le roi reposa
« assez bien, ce qui détermina M. Fagon, de l'avis de M. Boudin,
« médecin ordinaire, à le purger, d'autant plus que c'étoit le jour
« que Sa Majesté avoit coutume de prendre médecine tous les
« mois. Ils ne lui donnèrent que la moitié de la dose ordinaire,
« qui fut pourtant suffisante pour faire une grande évacuation et
« lui procurer un soulagement considérable.

« Le roi entendit ce jour-là la messe dans son lit, et y dîna; et,
« comme il se trouvoit soulagé, il ordonna à M. le duc de Tresmes,
« premier gentilhomme de la chambre en année de service, de faire

« entrer toutes les personnes de qualité qui se présenteroient, et
« que cela lui feroit plaisir.

« Il entra aussitôt un bon nombre de personnes et seigneurs,
« qui faisoient paroître sur leur visage la joie de trouver le roi en
« meilleure disposition que l'on ne disoit dans la cour. Le dîner
« fut long, à cause des entretiens que Sa Majesté eut familière-
« ment avec M. le duc d'Antin, directeur général des bâtimens,
« qui avoit tourné la conversation sur cette matière, toujours
« agréable à ce grand prince, dont les édifices et les jardins avoient
« toujours été une des plus fortes passions.

« Sur les quatre heures, le roi, se trouvant soulagé par l'effet de
« la médecine, se leva et travailla seul avec M. de Pontchartrain,
« secrétaire d'État pour la maison du roi et la marine, jusqu'à six
« heures, qu'il passa dans l'appartement de M^{me} de Maintenon, où
« il demeura jusqu'à dix heures. Il alla souper en public avec les
« princes dans son appartement. Il demeura peu de temps à table,
« n'y mangea presque point, et dit en se levant à M. de Livry,
« premier maître d'hôtel, et à M. Fagon : « Je n'ai rien trouvé de
« bon en tout ce qu'on m'a servi; il faut que j'aie un grand dé-
« goût! » Il ne laissa pas de passer dans le cabinet avec les princes,
« et de s'entretenir avec eux jusqu'à minuit, qu'il rentra dans sa
« chambre pour se coucher.

« L'espérance que l'on avoit conçue ce jour-là fut bien changée
« le lendemain mardi, treizième du mois et le quatrième de la
« maladie du roi. Pendant toute la nuit, il retomba dans ses in-
« quiétudes; il sentit dans ses entrailles un feu qu'il ne pouvoit
« éteindre, quoique à chaque moment il fît lever le sieur de Chan-
« cenay, premier valet de chambre, et les sieurs Binet et Bazire,
« garçons de la chambre, pour lui donner à boire, sans pouvoir
« le désaltérer. Enfin, étant un peu assoupi sur le matin, il dit en
« s'éveillant qu'il avoit beaucoup souffert toute la nuit.

« Les médecins commencèrent ici à mal augurer de cette ma-
« ladie, et M. Blouïn, premier valet de chambre, fort considéré
« de Sa Majesté, dit assez haut, dans la chambre même, que tout
« le monde avoit bien peur que cette maladie ne devînt très-
« sérieuse, et qu'il seroit bien à propos de faire venir les plus ha-

« biles médecins de la Faculté de Paris pour conférer avec eux,
« que l'on ne pouvoit prendre trop de précautions en pareille
« occasion.

« M. Fagon, qui étoit sans doute homme d'esprit et habile, mais
« fort attaché à ses sentimens, défaut assez ordinaire aux per-
« sonnes de sa profession, ne goûta pas d'abord cette proposition.
« Cependant, réflexion faite, il s'y rendit, et l'on envoya un exprès
« pour les faire venir. »

Le manuscrit des sieurs Anthoine continue à noter, jour par
jour, les progrès de la maladie. Dès le lendemain, le roi éprouve
des douleurs vives à la jambe gauche : le premier médecin, Fagon,
le premier chirurgien, Maréchal, passent auprès de Louis XIV la
nuit suivante, nuit très-mauvaise. Les médecins Falconnet et
Helvétius arrivent de Paris ; ils entrent en consultation, prescri-
vent le lait d'ânesse le matin, et dès l'après-midi l'interdisent.

Ce qu'il y a de remarquable, c'est que, au milieu de ses douleurs, le roi travaille obstinément avec ses ministres, assiste à la
messe et aux vêpres le jour de l'Assomption, se soumet au delà
de ses forces aux lois de l'étiquette, se fait voir en public malgré
les souffrances qu'il endure et l'altération qui se remarque sur
son visage.

Le 17, Maréchal s'alarme sur l'état de la jambe, et n'y applique
aucun remède.

Le dimanche, 18 août, le roi voulut se lever à dix heures. Sa
faiblesse était si grande qu'au bout d'un quart d'heure il se re-
coucha, et les médecins en désespérèrent. On lui dit la messe dans
sa chambre, et, sur les quatre heures après midi, il se fit lever,
disent les sieurs Anthoine, « pour se délasser et faire panser sa
« jambe, dont les douleurs augmentoient. » Ils ajoutent : « Nonobs-
« tant son infirmité, il s'enferma avec M. Pelletier, et travailla
« avec lui jusqu'à sept heures. Cette application étoit peut-être
« une des plus grandes marques du courage du roi, qui surmon-
« toit sa faiblesse et ses maux pour se livrer aux affaires de son
« royaume ; car ce n'étoit pas qu'il se trouvât mieux alors, au con-
« traire : la fièvre qui le dévoroit l'obligea de prendre six à sept
« grands verres d'eau pendant le conseil, après lequel il demeura

« triste et abattu, sans vouloir voir personne que les officiers de la
« chambre et garde-robe. Il n'y eut point ce soir de souper; mais,
« après a oir pris un bouillon, il se remit au lit. »

Le lendemain, la fièvre avait augmenté, la jambe était enflée,
et un point noir sur le cou-de-pied parut de mauvais augure à
Maréchal. Le roi proposa lui-même l'amputation, si elle était
jugée nécessaire. On s'en tint à un bain d'herbes aromatiques et à
des frictions, qui procurèrent un peu de soulagement. Louis XIV
désira que l'entrée de sa chambre fût libre, et la foule s'y préci-
pita et y demeura jusqu'au soir.

Le 21, le mieux étant sensible, on admit beaucoup de monde
à la messe et au dîner du roi; le soir Fagon eut de nouveaux
sujets d'alarme, et l'on manda les médecins de Paris pour le lendemain.

Il en arriva dix, dès neuf heures du matin, le jeudi 22. Cha-
cun, selon son rang d'ancienneté, tâta le pouls du malade, et tous,
après une verbeuse délibération, en revinrent au lait d'ânesse,
précédemment ordonné par Fagon.

La nuit suivante fut meilleure, et, le 23, le roi demanda lui-
même un nouveau bain pour sa jambe. « Il prit un bouillon, di-
« sent les Anthoine, et se fit raser par Bidault, barbier de quar-
« tier : on remarqua que, quelque malade que fût ce prince, il
« ne manquoit point de se faire raser tous les trois jours par pro-
« preté. »

Après diverses réceptions, les médecins revinrent, et le récit
peut servir aux commentateurs de Molière : « Ceux qui n'étoient
« plus nécessaires pour le service sortirent pour faire place à la
« troupe des médecins, qui rentrèrent conduits par M. Fagon. Ils
« firent leur révérence de cérémonie, et tâtèrent le pouls du ma-
« lade, selon leur rang d'ancienneté, comme la première fois. Ils
« le trouvèrent élevé et fort agité, et, pour dire quelque chose, ils
« lui demandèrent si le lait d'ânesse lui avoit fait du bien. — Assez
« bien, mais pas de soulagement à ma jambe. — Ils dirent qu'ils
« alloient conférer ensemble; mais, après une heure de consulta-
« tion, ils demeurèrent à l'ânesse, qu'ils chargèrent du mauvais
« effet de leur consultation. »

Un peu plus tard, on fit retirer tout le monde, et le roi, disent les sieurs Anthoine, « demeura seul avec le père Le Tellier jus- « qu'à onze heures. Ce fut apparemment pendant ce temps qu'il « fit son deuxième codicille, puisqu'il est daté du 23 août 1715. « Il fit ensuite appeler M^me de Maintenon, qui attendoit. Elle « voulut engager Sa Majesté à prendre quelque nourriture; mais le « roi ne voulut qu'un bouillon, et, après quelques moments de « conversation, cette dame se retira dans son appartement, fort « affligée. »

Le soir, de sept à neuf heures, on chanta de la musique ita- lienne, qui fit plaisir au malade; mais il éprouva des vapeurs la nuit suivante. Fagon réunit de nouveau les médecins, qui visi- tèrent la jambe, et constatèrent la présence et les ravages de la gangrène.

Sur les quatre heures du soir, le roi manda le père Le Tellier, s'enferma avec lui, se confessa, et l'alarme se répandit au dehors. A partir de ce moment, Le Tellier ne quitta plus le moribond.

Le lendemain, 25, la fête du roi fut une triste journée. Pour- tant il ne voulut pas rompre avec la coutume, dont il était esclave. Les musiciens donnèrent donc leurs aubades, les fifres et les tam- bours se firent entendre, les grandes réceptions eurent lieu, et, comme contraste à ces pompes, Louis XIV reçut les derniers sa- crements. Il entretint ensuite le maréchal de Villeroy, Voisin, Desmarets, le duc d'Orléans; puis arrivèrent, disent les Anthoine, « M. le duc, accompagné de M. de Charolais, son frère, MM. les « princes de Conti, le comte du Maine et le comte de Toulouse. » M^me de Maintenon vint à son tour, et confirma le roi dans ses sentiments de résignation à la volonté de Dieu.

Les médecins visitèrent ensuite le malade, et ne purent arrêter les progrès de la gangrène.

La nuit du 26 fut sans sommeil. Après avoir entendu la messe, le roi reçut les princes et les princesses, leur fit de touchants adieux et leur donna sa bénédiction. Il voulut voir ensuite M. Hu- chon, curé de Versailles, et se recommanda à ses prières.

« Après cela, dit notre narration, le roi, qui conservoit encore « toute la liberté de son esprit, et qui avoit eu toujours beaucoup

« de délicatesse en matière de religion, ne voulant pas qu'après
« sa mort il restât aucun doute sur la sincérité de sa foi, jugea à
« propos de s'en expliquer publiquement. Ayant donc fait appe-
« ler MM. les cardinaux de Rohan, de Polignac et de Bissy avec
« le père Le Tellier, il leur dit, d'un air majestueux et d'un ton
« assez élevé, ces paroles si édifiantes :

« Messieurs, je suis bien aise de vous déclarer publiquement
« mes sentimens devant toutes les personnes ici présentes. Je veux
« vivre et mourir dans la religion catholique, apostolique et ro-
« maine, que j'ai soutenue autant qu'il m'a été possible pendant le
« cours de mon règne. Vous avez pu savoir que, dans toutes les
« affaires qui ont regardé la religion et l'Église, je les ai protégées
« avec fermeté et zèle; mais, dans les dernières affaires qui sont
« survenues depuis peu, je n'ai suivi que vos avis, et n'ai fait que
« ce que vous m'avez conseillé de faire. C'est pourquoi, si j'ai pu
« mal faire, c'est sur vos consciences, n'y ayant point eu d'autre
« part, et vous en répondrez devant Dieu : pour moi, je n'ai eu
« que de très-bonnes intentions »

Cette sortie d'un mourant atterra les prélats, qui se retirèrent
interdits.

Vinrent ensuite les officiers, auxquels Louis XIV fit ses adieux
et ses recommandations.

Les plus célèbres médecins, les chirurgiens les plus renommés
de Paris furent appelés de nouveau, et de nouveau ils témoignè-
rent leur impuissance en prescrivant sans espoir la continuation
des mêmes remèdes.

Je passe sur une touchante entrevue de Louis XIV et du dau-
phin, conduit par sa gouvernante, madame de Ventadour; sur
une lettre de M. de Noailles, archevêque de Paris, à laquelle le
roi fit répondre par le chancelier, et dont une apostille d'une
main ennemie empêcha l'effet; sur des opérations à la jambe du
roi, toutes inutiles. Je copie un court épisode de cette journée :

« Ces diverses opérations occupèrent tout le temps, jusqu'à
« quatre heures après midi, que M$^{me}$ de Maintenon arriva pour
« voir en quel état étoit le roi. Elle le trouva si abattu qu'à
« peine pouvoit-il parler. Il ordonna cependant aux huissiers de

« la chambre de faire sortir tout le monde. Il n'y demeura que
« cette dame, assise au chevet de Sa Majesté; M. Voisin, chance-
« lier de France; M. Blouïn, premier valet de chambre et gouver-
« neur de Versailles, en qui le roi avoit beaucoup de confiance. Sa
« Majesté lui ordonna d'apporter toutes les cassettes de son petit
« cabinet, ce qui fut exécuté à l'instant par les garçons de la
« chambre, qui les placèrent proche du lit du roi et se retirèrent.
« Il ne resta que M^{me} de Maintenon avec M. le chancelier, qui
« ouvrirent les cassettes. On ne sait point ce qui se passa dans
« cette occasion, si ce n'est que, les officiers de la chambre étant
« rentrés lorsque M^{me} de Maintenon et M. le chancelier sortirent,
« ils s'aperçurent qu'on avoit brûlé beaucoup de papiers. »

« Le lendemain 29 (ceci est un autre épisode raconté par les
« Anthoine avec plus de détails que par aucun historien) un mé-
« decin venu de Marseille s'adressa à M. le duc d'Orléans, disant
« qu'il avoit un remède spécifique pour toutes sortes de gangrènes
« intérieures et extérieures, et pour purifier le sang. Sur cet avis,
« M. le duc d'Orléans, qui voyoit le roi presque désespéré et
« comme abandonné de ses médecins, amena le Marseillois à la
« cour, où il entra eu conférence avec les médecins de Sa Ma-
« jesté, en présence de plusieurs princes du sang, leur exposa les
« qualités de son remède, et assura avoir guéri plusieurs personnes
« de maladies semblables à celle du roi.

« M. Fagon, mal prévenu contre les empiriques, s'opposa à
« celui-ci, et les autres médecins de la cour, suivant l'avis de leur
« chef, dirent qu'ils ne consentiroient point qu'on donnât au roi
« un remède dont ils ne connoissoient ni la nature ni les effets.
« Les contestations intriguèrent les princes; mais faisant réflexion
« que le roi étoit abandonné de ses médecins, et que le Marseillois
« donnoit encore quelque espoir, ils usèrent de leur autorité pour
« faire donner au roi ses remèdes, indépendamment de l'opposi-
« tion de M. Fagon et de ses confrères.

« Au même moment, M. le duc d'Orléans, pour signaler son
« zèle pour la conservation du roi, conduisit le médecin de Mar-
« seille au lit du roi. Il lui tâta le pouls, qu'il trouva comme celui
« d'une personne mourante. Il dit cependant qu'il n'y avoit rien

« encore à désespérer; que, vu l'état de Sa Majesté, il n'osoit pas
« assurer qu'il la guériroit absolument, mais que son remède pou-
« voit encore faire son effet; que, si l'on avoit donné son élixir au
« roi dès le commencement, il l'auroit infailliblement guéri, mais
« qu'il avouoit qu'il étoit un peu tard. On lui ordonna de le faire
« prendre à Sa Majesté, s'il pouvoit encore lui être utile. Il en
« versa quatre gouttes dans un petit verre de vin de Bourgogne, et
« le présenta au roi, lui disant : « Sire, c'est un très-bon remède
« du médecin de Marseille, qui fera du bien à Votre Majesté. »

« A ces paroles, le roi se réveilla comme en sursaut, et prit le
« remède sans peine. Le médecin défendit de donner à boire au
« malade qu'après deux heures passées. Ce temps expiré, il lui en
« donna une deuxième prise, et peu après le roi se trouva plus
« tranquille, la vue plus claire et la parole plus libre et plus ferme.
« Sa Majesté dit même à M. le duc d'Orléans, qui étoit auprès de
« son lit avec les autres princes, qu'elle se trouvoit mieux qu'à
« l'ordinaire, ce qui leur donna beaucoup de joie.

« Un changement si subit et si peu espéré donna une grande
« idée de la capacité du médecin de Marseille, qui ajouta à son
« élixir des bouillons composés, qu'il fit prendre d'heure en heure
« au roi, et qui lui donnèrent de la force et même de l'appétit
« pour prendre d'autres alimens, au grand étonnement des mé-
« decins, bien confus de voir un effet si prompt d'un remède
« qu'ils avoient rejeté. Sur le soir, le roi prit encore une dose du
« même élixir, et d'heure en heure des bouillons composés. »

Cependant le mieux fut de courte durée, et la mort donna des
signes de son approche. Les médecins de la cour traitèrent le Mar-
seillais de téméraire charlatan qu'il fallait punir. Lui soutenait
qu'il aurait sauvé le roi si on l'eût appelé plus tôt. Cet homme,
qui s'appelait Brun, quitta la cour et se déroba à la haine de ses
confrères.

Ce fut une occasion pour le peuple de se déchaîner contre les
médecins du roi, et de regretter que Brun n'eût pas pris leur
place dès le début de la maladie.

« Alors, disent les sieurs Anthoine, le pauvre prince flottoit
« entre la vie et la mort. On l'entendoit de temps en temps prier

« d'une voix faible et tremblante. Le père Le Tellier, qui ne le
« quittoit point, l'exhortoit à la patience et à l'espérance de la mi-
« séricorde de Dieu. Le prince moribond témoigna beaucoup de
« résignation à la volonté du Seigneur tant qu'il eut la force de
« s'énoncer, car la voix et la parole lui manquoient à tout mo-
« ment, et l'on n'attendoit plus que l'instant de sa mort, que l'on
« envisageoit comme très-prochaine. »

Le 31 août, vingt-deuxième jour de la maladie, le roi fut plus
calme, et M<sup>me</sup> de Maintenon accourut, espérant lui parler encore;
mais, le voyant sans connaissance et sans mouvement, elle
se hâta de retourner à Saint-Cyr.

A midi, le cardinal de Rohan, le curé de Versailles, le père
Le Tellier et d'autres ecclésiastiques récitèrent près du moribond
les prières des agonisants. Quelques cordiaux le fortifièrent, et
il passa la nuit du 31 août au 1<sup>er</sup> septembre dans des souffrances
qui s'exhalaient en soupirs. Notre relation rapporte ainsi ses derniers moments :

« Sur les cinq heures du matin, il perdit absolument toute
« apparence de vie, excepté la respiration. Son visage devint pâle
« et tourné à la mort; ses yeux se fermèrent, et il ne donna plus
« aucune marque de sentiment.

« En cet état, le sieur Maréchal débanda la jambe du prince en
« présence de toute la médecine et de plusieurs autres personnes
« distinguées, entre lesquelles étoit M. le maréchal de Villeroy, qui
« étoit toujours resté le plus attaché à la personne du roi, et des
« plus assidus pendant le cours de sa maladie. La jambe et la
« cuisse de Sa Majesté furent trouvées entièrement gangrenées, et
« l'on jugeoit bien que ce mal avoit gagné les parties intérieures,
« et qu'il alloit bientôt achever d'enlever le sujet auquel il étoit
« attaché. En effet, deux heures après, la nature faisant un dernier
« effort, le roi tomba dans l'agonie, qui dura encore deux autres
« heures, et finit à huit heures et demi-quart du matin par quel-
« ques petits soupirs et deux hoquets, sans aucune agitation, ni
« convulsion. »

L'autopsie eut lieu le lendemain. Les sieurs Anthoine en donnent le procès-verbal, et, ne voulant s'arrêter qu'après les funé-

railles de Louis XIV, ils rapportent, sur la foi de témoins oculaires, ce qui s'est passé de plus considérable pendant les premières semaines de la régence.

Nous ne les suivrons pas dans cette partie du manuscrit où leur information n'est plus aussi personnelle, mais où se rencontrent des circonstances qui ne se trouvent dans aucun historien. Nous n'avons prétendu aujourd'hui qu'appeler l'attention sur le récit des deux Anthoine. Ce qu'ils racontent, pour l'avoir vu, n'est pas une révélation de faits entièrement inconnus, mais il règne dans toute leur narration un ton respectueux et une véracité qui inspirent une grande foi pour les détails, et font une sorte de contre-poids aux assertions passionnées de Saint-Simon. Si l'impression que leur ouvrage a faite sur nous était partagée, si le projet que nous avons timidement conçu dans la solitude d'une bibliothèque de province trouvait ici des approbations et des encouragements, nous chercherions un éditeur pour le *Journal historique* des sieurs Anthoine.

IMPRIMERIE IMPÉRIALE. — 1865.